小说本

故事匠 编

人民邮电出版社

北京

图书在版编目（CIP）数据

小说本 / 故事匠编. -- 北京 : 人民邮电出版社, 2024. -- ISBN 978-7-115-64795-5

Ⅰ. I054

中国国家版本馆 CIP 数据核字第 2024QN7213 号

◆ 编　　　　故事匠
责任编辑　陈　晨
责任印制　马振武

◆ 人民邮电出版社出版发行　　北京市丰台区成寿寺路 11 号
邮编　100164　　电子邮件　315@ptpress.com.cn
网址　https://www.ptpress.com.cn
三河市中晟雅豪印务有限公司印刷

◆ 开本：720×960　1/16
印张：5　　　　2024 年 7 月第 1 版
字数：102 千字　　　　2024 年10月河北第 4 次印刷

定价：14.80 元

读者服务热线：(010)81055296　印装质量热线：(010)81055316
反盗版热线：(010)81055315
广告经营许可证：京东市监广登字 20170147 号

目录

小说《　　　　　　　　　　》 ………………………… 4

人物 1 ________________ ………………………… 8

人物 2 ________________ ………………………… 10

人物 3 ________________ ………………………… 12

人物 4 ________________ ………………………… 14

人物 5 ________________ ………………………… 16

人物 6 ________________ ………………………… 18

人物 7 ________________ ………………………… 20

人物 8 ________________ ………………………… 22

人物 9 ________________ ………………………… 24

人物 10 ________________ ………………………… 26

人物 11 ________________ ………………………… 28

人物 12 ________________ ………………………… 30

小说内容 ………………………… 32

小说《　　　　　　　　　　　　　》

类型：□青春校园　□都市　□仙侠　□玄幻 / 奇幻 / 魔幻　□宫廷 / 家族　□悬疑 / 推理　□武侠
□穿越　□宅文　□科幻　□探险　□网游　□传记　□其他 ________________

主旨与精神：

基调：□正剧　□喜剧　□悲剧　□爆笑　□轻松　□惊悚　□恐怖　□讽刺　□暗黑　□其他
计划字数：________

故事简介：

世界观设定（历史时代背景）：

主要人物：

涉及势力：

涉及家族：

● 主副线

主线：

副线 ①：

副线 ②：

● 起因：

● 发展：

● 转折：

● 高潮：

● 结局：

人物 1

脸部形象

身份 / 职业：

阵营 / 组织：

武器 / 坐骑 / 宠物：

属性 / 技能：

能力值：

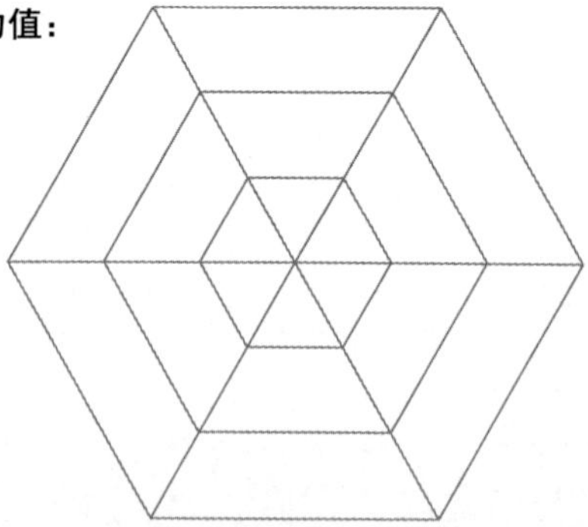

基本信息

姓名：

自称：　　　　昵称（他人称）：

年龄：　　　　性别：

口头禅：

特殊标记：

生日 / 血型：

MBTI：

身高 / 体重 / 三围：

肤色 / 发色 / 瞳色：

人际关系

家人：

伴侣：

好友：

尊敬的人：

竞争对手：

人物经历：

志向 / 梦想：

性格特点：

优点：

缺点：

喜欢：

害怕：

伏恚：

其他补充：

人物 2

脸部形象

身份 / 职业：

阵营 / 组织：

武器 / 坐骑 / 宠物：

属性 / 技能：

能力值：

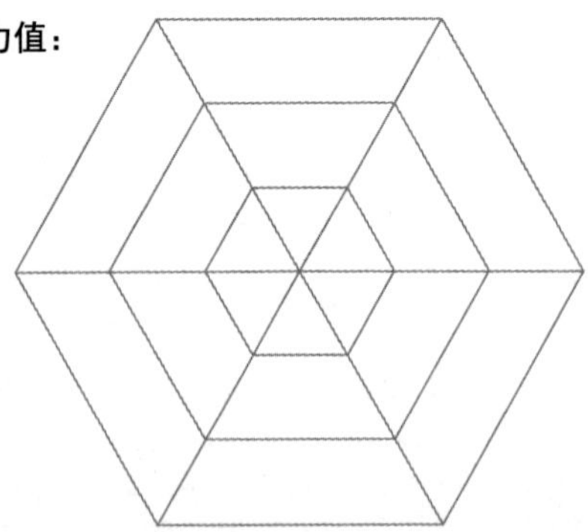

基本信息

姓名：

自称：　　昵称（他人称）：

年龄：　　性别：

口头禅：

特殊标记：

生日 / 血型：

MBTI：

身高 / 体重 / 三围：

肤色 / 发色 / 瞳色：

人际关系

家人：

伴侣：

好友：

尊敬的人：

竞争对手：

人物经历：

志向 / 梦想：

性格特点：

优点：

缺点：

喜欢：

害怕：

伏恚：

其他补充：

人物 3

脸部形象

基本信息

姓名：

自称：　　昵称（他人称）：

年龄：　　性别：

口头禅：

特殊标记：

生日 / 血型：

MBTI：

身高 / 体重 / 三围：

肤色 / 发色 / 瞳色：

人际关系

家人：

伴侣：

好友：

尊敬的人：

竞争对手：

身份 / 职业：

阵营 / 组织：

武器 / 坐骑 / 宠物：

属性 / 技能：

能力值：

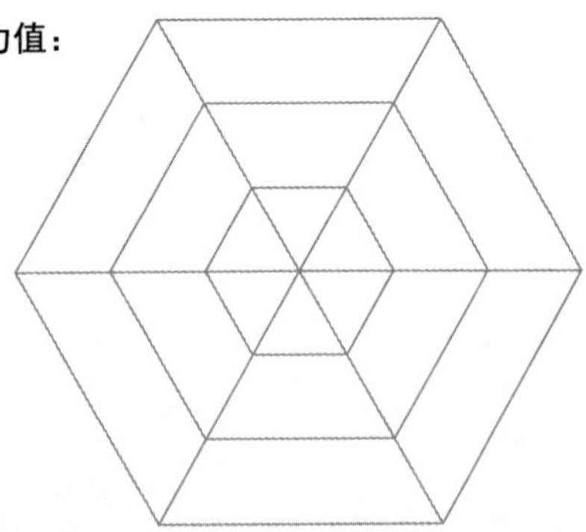

人物经历：

志向/梦想：

性格特点：

优点：

缺点：

喜欢：

害怕：

厌恶：

其他补充：

人物 4

脸部形象

基本信息

姓名：

自称：　　　　昵称（他人称）：

年龄：　　　　性别：

口头禅：

特殊标记：

生日 / 血型：

MBTI：

身高 / 体重 / 三围：

肤色 / 发色 / 瞳色：

人际关系

家人：

伴侣：

好友：

尊敬的人：

竞争对手：

身份 / 职业：

阵营 / 组织：

武器 / 坐骑 / 宠物：

属性 / 技能：

能力值：

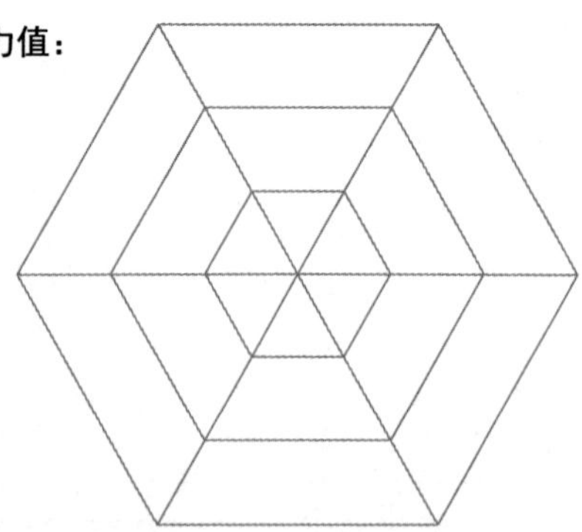

人物经历：

志向/梦想：

性格特点：

优点：

缺点：

喜欢：

害怕：

厌恶：

其他补充：

人物 5

脸部形象

基本信息

姓名：

自称：　　　　昵称（他人称）：

年龄：　　　　性别：

口头禅：

特殊标记：

生日 / 血型：

MBTI：

身高 / 体重 / 三围：

肤色 / 发色 / 瞳色：

人际关系

家人：

伴侣：

好友：

尊敬的人：

竞争对手：

身份 / 职业：

阵营 / 组织：

武器 / 坐骑 / 宠物：

属性 / 技能：

能力值：

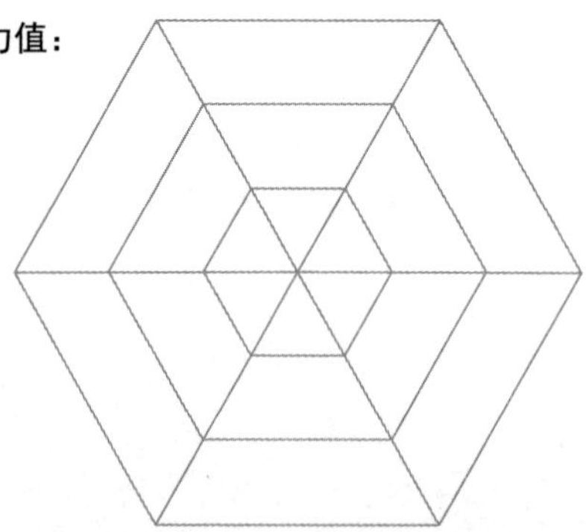

人物经历：

志向 / 梦想：

性格特点：

优点：

缺点：

喜欢：

害怕：

厌恶：

其他补充：

人物 6

脸部形象

身份/职业：

阵营/组织：

武器/坐骑/宠物：

属性/技能：

能力值：

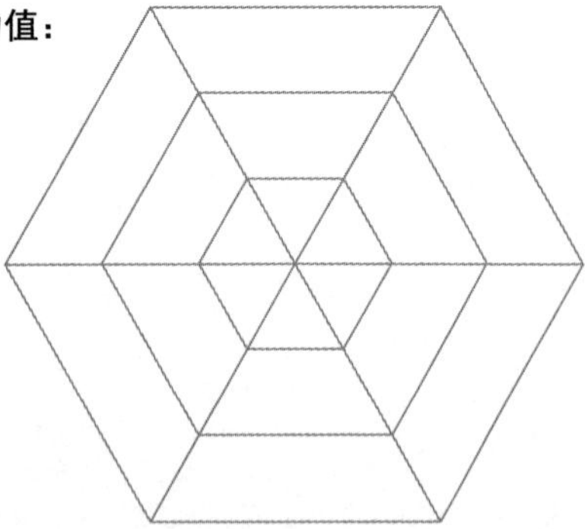

基本信息

姓名：

自称：　　　　昵称（他人称）：

年龄：　　　　性别：

口头禅：

特殊标记：

生日/血型：

MBTI：

身高/体重/三围：

肤色/发色/瞳色：

人际关系

家人：

伴侣：

好友：

尊敬的人：

竞争对手：

人物经历：

志向 / 梦想：

性格特点：

优点：

缺点：

喜欢：

害怕：

厌恶：

其他补充：

人物 7

脸部形象

身份 / 职业：

阵营 / 组织：

武器 / 坐骑 / 宠物：

属性 / 技能：

能力值：

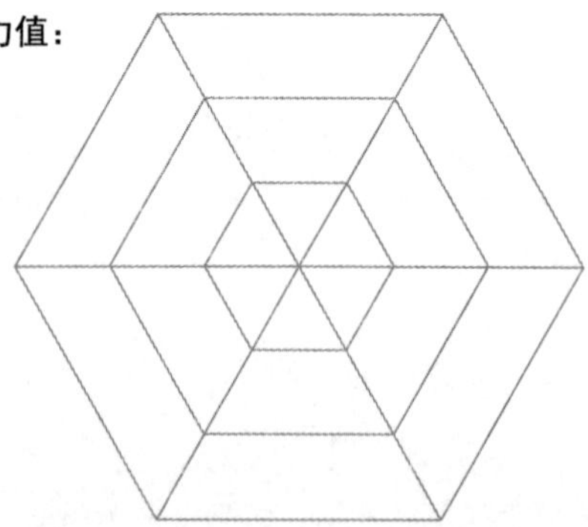

基本信息

姓名：

自称：　　　　昵称（他人称）：

年龄：　　　　性别：

口头禅：

特殊标记：

生日 / 血型：

MBTI：

身高 / 体重 / 三围：

肤色 / 发色 / 瞳色：

人际关系

家人：

伴侣：

好友：

尊敬的人：

竞争对手：

人物经历：

志向 / 梦想：

性格特点：

优点：

缺点：

喜欢：

害怕：

厌恶：

其他补充：

人物 8

脸部形象

基本信息

姓名：

自称：　　　　　昵称（他人称）：

年龄：　　　　　性别：

口头禅：

特殊标记：

生日 / 血型：

MBTI：

身高 / 体重 / 三围：

肤色 / 发色 / 瞳色：

人际关系

家人：

伴侣：

好友：

尊敬的人：

竞争对手：

身份 / 职业：

阵营 / 组织：

武器 / 坐骑 / 宠物：

属性 / 技能：

能力值：

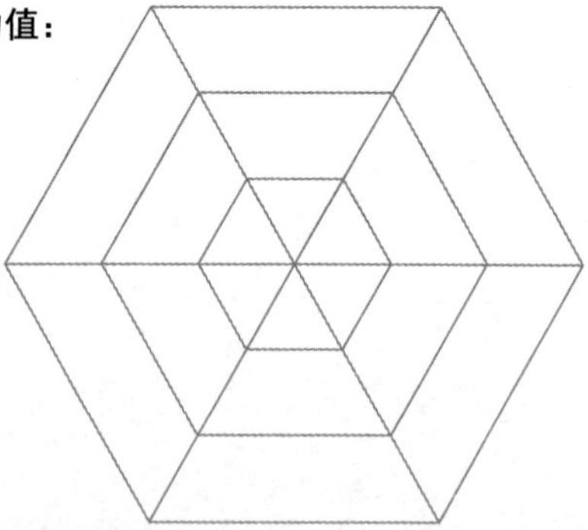

人物经历：

志向/梦想：

性格特点：

优点：

缺点：

喜欢：

害怕：

厌恶：

其他补充：

人物 9

脸部形象

基本信息

姓名：

自称：　　　　昵称（他人称）：

年龄：　　　　性别：

口头禅：

特殊标记：

生日 / 血型：

MBTI：

身高 / 体重 / 三围：

肤色 / 发色 / 瞳色：

人际关系

家人：

伴侣：

好友：

尊敬的人：

竞争对手：

身份 / 职业：

阵营 / 组织：

武器 / 坐骑 / 宠物：

属性 / 技能：

能力值：

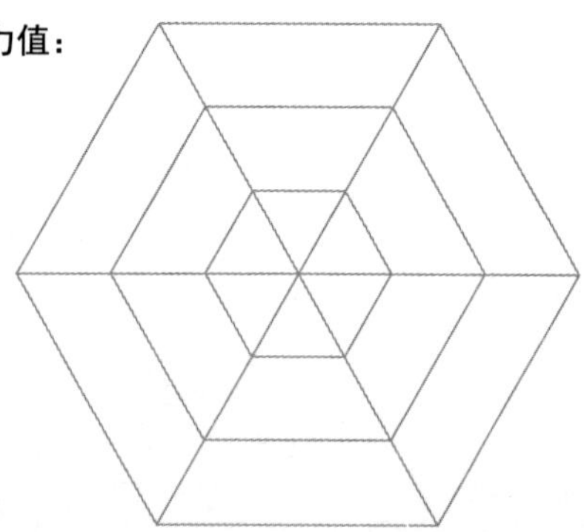

人物经历：

志向 / 梦想：

性格特点：

优点：

缺点：

喜欢：

害怕：

厌恶：

其他补充：

人物 10

脸部形象

基本信息

姓名：

自称：　　　昵称（他人称）：

年龄：　　　性别：

口头禅：

特殊标记：

生日 / 血型：

MBTI：

身高 / 体重 / 三围：

肤色 / 发色 / 瞳色：

人际关系

家人：

伴侣：

好友：

尊敬的人：

竞争对手：

身份 / 职业：

阵营 / 组织：

武器 / 坐骑 / 宠物：

属性 / 技能：

能力值：

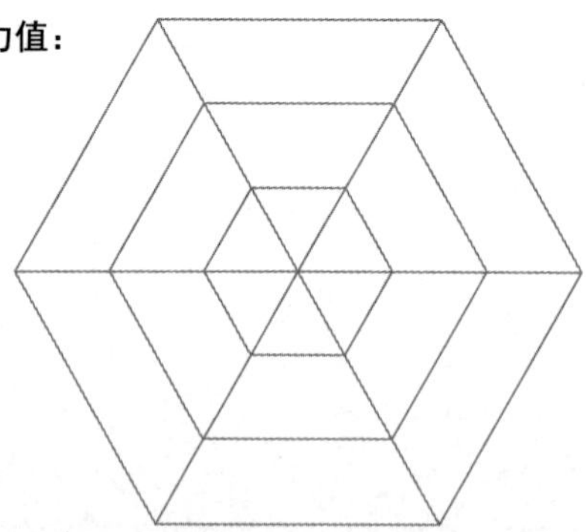

人物经历：

志向/梦想：

性格特点：

优点：

缺点：

喜欢：

害怕：

厌恶：

其他补充：

人物 11

脸部形象

身份 / 职业：

阵营 / 组织：

武器 / 坐骑 / 宠物：

属性 / 技能：

能力值：

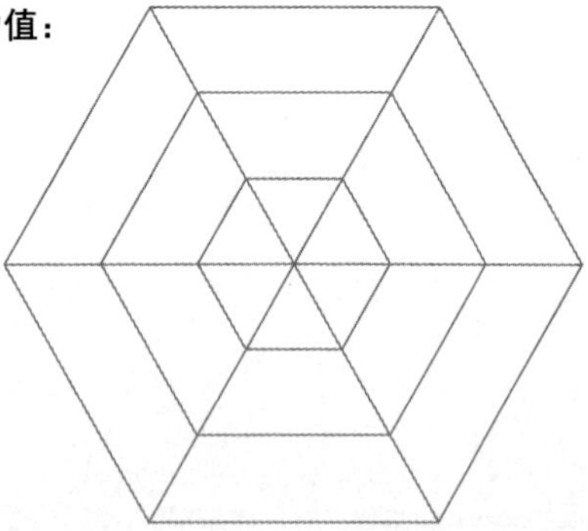

基本信息

姓名：

自称：　　　　昵称（他人称）：

年龄：　　　　性别：

口头禅：

特殊标记：

生日 / 血型：

MBTI：

身高 / 体重 / 三围：

肤色 / 发色 / 瞳色：

人际关系

家人：

伴侣：

好友：

尊敬的人：

竞争对手：

人物经历：

志向 / 梦想：

性格特点：

优点：

缺点：

喜欢：

害怕：

厌恶：

其他补充：

人物 12

脸部形象

身份 / 职业：

阵营 / 组织：

武器 / 坐骑 / 宠物：

属性 / 技能：

能力值：

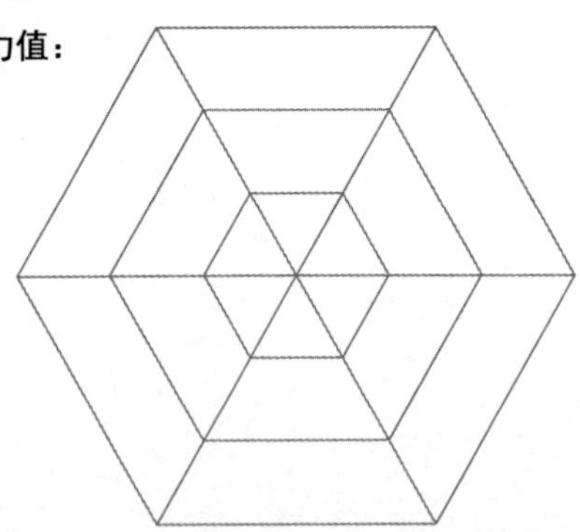

基本信息

姓名：

自称：　　昵称（他人称）：

年龄：　　性别：

口头禅：

特殊标记：

生日 / 血型：

MBTI：

身高 / 体重 / 三围：

肤色 / 发色 / 瞳色：

人际关系

家人：

伴侣：

好友：

尊敬的人：

竞争对手：

人物经历：

志向/梦想：

性格特点：

优点：

缺点：

喜欢：

害怕：

厌恶：

其他补充：

小说内容